1

UM, DOIS, ...

2

Guto Lins

UNIVERSO DOS LIVROS

Diretor Editorial
Luis Matos

Editora
Vânia Rezende

Projeto Gráfico
Adriana Lins e Guto Lins / Manifesto Design

Ilustrações
Guto Lins

Revisão
Bóris Fatigati e Raíça Augusto

Dados Internacionais de Catalogação na Publicação (CIP)
(Câmara Brasileira do Livro, SP, Brasil)

L759u   Lins, Guto.

    Um, dois... / Guto Lins. – São Paulo : Universo dos Livros, 2013.
       32 p.

      ISBN 978-85-7930-360-9

1.   Infantil. 2. Cantigas. 3. Canções infantis. I. Título.

CDD 784.624

Índices para catálogo sistemático:
1. Literatura infantil 028.5
2. Literatura infantojuvenil 028.5

São Paulo
2013

Universo Dos Livros Editora Ltda.
Rua do Bosque, 1589, bloco 2 – Conj. 603/606
Barra Funda – São Paulo – SP – CEP: 01136-001
Telefone/Fax: (11) 3392-3336 – www.universodoslivros.com.br
E-mail: editor@universodoslivros.com.br – Siga-nos no Twitter: @univdoslivros

pro feijão da Néia

UM,

DOIS

FEIJÃO COM ARROZ

TRÊS,

QUATRO

SE MISTURAM

NO PRATO

SEIS

SETE,

OITO

DE SOBREMESA:

BISCOITO

NOVE,

DEZZZZZZZ

UMA MASSAGEM
NOS PÉS!

GUTO LINS

Era uma vez um menino
que gostava de café com leite e feijão com arroz.
E colo de mãe logo depois...

O menino cresceu!

Era uma vez um menino
que gostava muito de ler, escrever e desenhar.
E não tinha hora e nem lugar.

O menino cresceu!

Era uma vez um menino
que todo dia brincando aprendia
uma coisa que ainda não sabia.

O menino cresceu!

Guto Lins é designer, poeta e professor da PUC-Rio .
Autor e ilustrador premiado de dezenas de livros infantojuvenis,
já participou e tem participado ativamente de projetos e eventos
de incentivo à leitura e de valorização da criança.

Este livro
foi impresso em
Janeiro de 2013